W0288188

Foto: Isolde Ohlbaum

Franzobel
Die Krautflut

Erzählung

Mit einem Nachwort
von Thomas Eder

Suhrkamp

edition suhrkamp 1987
Neue Folge Band 987
Erste Auflage 1995
© Suhrkamp Verlag Frankfurt am Main 1995
Erstausgabe
Alle Rechte vorbehalten, insbesondere das der Übersetzung,
des öffentlichen Vortrags
sowie der Übertragung durch Rundfunk und Fernsehen,
auch einzelner Teile.
Satz: Leingärtner, Nabburg
Druck: Nomos Verlagsgesellschaft, Baden-Baden
Umschlagentwurf: Willy Fleckhaus
Printed in Germany

1 2 3 4 5 6 – 00 99 98 97 96 95

Die Krautflut

Im Deutschen lügt man,
wenn man höflich ist.

Goethe, Faust II

Prolog

Am Boden liegt ein Ich, verblutet. Der erlesene Schuß eines Tierkreiszeichens hatte in ihn hineingelangt, ihn wie Zwetschken hingestreckt, eingelegt, entkernt und ihn gefaltet in einen letzten Augenblick, der sein Ganzes zusammen sieht. Gummiring. Er findet sich in seiner Blüte, in simplem Hausverstand. Und was er alles wollte, was er jetzt tatsächlich war. War er jetzt aus? Es dahingeknipst? Hatte dieses Dumpfe ihm gegolten? Wem gehörte dieser Rumpf, dem alles Leben zu entfallen drohte wie ein ausgesprochenes Lachen, ein aufgebrochenes Wort. Ein Scherzl. Er wollte es nicht glauben, klammerte sich gebrochen an die letzten wachen Brösel, an den Namen Haurucker damit. Wie ein Hampelmann kam der sich vor, vom Aussterben bedroht, aufgezogen rutschte er hinaus. Alle Zeit war ihm dahin zerrieben,

aufgesogen. Glaubten nicht alle irgendwann daran und gaben sich hin? Dem und sich.

Der Schütze fühlte sich hingegen trefflich. Weiter hatte er nicht wollen, fliehen, seinem Opfer hinterher. Hauruck. Im Augenblick der Kontaktaufnahme aber saß ihm dieser warme Schalk im Gaumen, fuhr Sozius in sein Gemüt, daß er nicht anders konnte, als wie in Trance sich zu touchieren. In der Kehle sprang ein Schelm vor Glück. Sirenen tobten Arien, daß daraus Gendarmen kamen, in ihn schlugen, nahmen und mit für ein Jahrzehnt. Seine Person, das ist Hargenauer, die Gangart, in der er noch ein Leben blieb. Schau. Eine Spange lang hielt sie ihm Treue, die sie ihm für ewig schwor. Immer geschworen hat. Dann hielt sich Fräulein an einen anderen, der sie biblisch faszinierte, an jemand sonst, der ihr die Sommerfrische finanzierte. In Schüben wuchsen die Bäuche, die Kinder, darauf Wallungen (Brut), Dämme und etwas Depression. Dennoch wurde sie. Und geworden ist auch die dem Füsilierten angesagte Frauke. Haurucker war ja aus dem Weg, ins Nichts geschlichtet, angetan. Die suchte Garnitur in Anderweitigkeiten und verstand sich bald als Einzelheit. Die Geschichten stellten sich ihr kreuz, der Sinn für das Reale quer. Klar, die sehnte sich nach einem Schema,

nach steifer Limitierung, und wirklich fügte die sich diesem kleinen Schiefer Fleisch, sog ihn sich ein in sich, daß er dann lag: dialekt auf ihrer Wunde. Da kam die darunter und machte keine Anstalt, selbige folgte. Besserung. Blöde war die nicht, die Frauke, bloß ein Stück entrückt.

Sintemal, Pardauz, Perdü, dem Dingfesten der Dinge schwappt eine Masse über, Flüssigkeit vor allen Dingen, jemandem bleibt die Sprache weg, geradezu die Spucke, es schwemmt. Dagegen ist kein Kraut geschossen, kein Parapluie trainiert. Eine Horde Flüssigkeit liquidiert die festen Dinge. Ein einstmals stilles Wasser, kein Wort will es halten, kein Was. Es schnappt nach Resümee, es reißt den Sinn. Mit sich. Mit Gaukeln und Schrapnellen. Der Neptun scheint sich verkutzt zu haben, daß er sich solcherart verliert. Er bricht.

Göhren
31/7. 22.
704.
HAASE.

I

Im Anstrich dieses Landstrichs ist ein Färbelndes. Das steht am Anfang der Geschichte. Ein Faible-Faden zieht sich durch, wird abgespult wie Zwirn, Personen zu verheddern. Der Anstrich dieses Landstrichs heißt Lasur, und Lavoir ließe sich auch dem ersten Eindruck sagen, der das Land durchspült, umkrempelt in ein Ja und Nein, ein zeitlich zeitig Wahrgenommenes.

Fachwerksschachteln oder Bauernpomp, von Kirchturmspitzen aus der Lethargie gerissen, aus der nämlich namentlichen Tristesse überschaubarer Beschaulichkeit. Dem Klima geopfert im Würfelspiel, dessen grüner Samt schon welk ist. Und sonders verdorben im Ausspruch. Liderlich. Denn selbst gesungen ist der Anstrich dieses Landstrichs ausgesprochen rauh.

Den Menschen selbst verschiebt sich diese Scheibe, manche sagen sich auch Brett, das zwischen ihnen steht, dem Belegten ihrer Zunge und der so beschichteten Bewußtseinssicht. Mit Schiller derart hergeleitet haben sie sich

Welt verstellt, und dort ein Goethehaus, ein Stifter hie und da. Gäbe es keine Jahreszahlen, denkt der Name Ich, die Menschen wären verdorben, verderbt. Sein Blick geht durch den satten Schmutzbeschlag der Scheibe, durch das Glas persönlich und vorbei an seinem Zweck. Das Bewußtsein sieht auf Nervensträngen durch die Iris und das Sehloch durch und durch, und schon heißt es: Die Person sieht durch das Fenster Ich – und in gelegentlichen Spiegelungen etwas. Mädchenknie. Das Wollen liegt im Schutzumschlag, das Denken geht hinaus.

So: Der Name Ich gehörte jenen an, und zählte sich auch selbst hinzu, die alles stets erklären wollen müssen. So. Den Lauf der Welt, ihr Funktionieren. Sowieso, weshalb, wozu. Hamsterkäfig. Soso. Es gibt auf alles eine Quittung, so, in jedem einen Kern. Ahso? Warum die Schläge Schicksal trafen und was sie mit sich trugen, wann die Kühe warfen und wieso der Spiegel trog. Soso. Er frug an allem und nach jedem. So. Die an sich trübe Suppe dieser So-Welt trachtete nach Wischen, so, nach Romanzen und Matrizen, die der von Grund auf radebrechten Welt erst eine Basis brächten (Readymade), soso, und dem hanebüchenen Gedeih als Verdauung so notwendig wären, täten. So. In dieser Weise weidlich, wies er, wie

Ich denkt, sein diesbezügliches Wissen aus, wie er es als Erfahrung so jahrelang gehamstert hatte. Soso. Grobe Gestalten, die ihr Geschlecht so raushängen ließen, so, so als ob es eine Laune wäre. Hargenauer distanzierte sich von diesen Tropfen, so, die in hängenden Jeanshosen und T-Shirts mit Zügen wie »Oxford-University« oder »no problem« in seiner Erinnerung rangierten. Hargenauer sah in die Aussicht so und schloß sein Denken mit dem Schlüssel so, daß das Sperrige so nicht bloß auf seinen Artikel paßte. Er stolperte darüber und damit in die ins Kreuz geschlagenen Mädchenknie. So. Was für ein Wurf. Soso.

Wenn man da das Dazugehörige betrachtete, das Darunterliegende unterlegte und dem dicken Aufstrich seinen Anstrich nahm, konnte sich das Sehen sagen lassen: Mädchen oder junges Ding. Korrosion im Haar, Silber, indisch gekräuselt, Röcke, tiefgreifend, und Gerüche, leichtfertig – daneben fast komplett, abgesehen von gehorteten Wülsten, Cremerouladen, die sich aus Sandalen wälzten. Und das in dieser Jahreszeit? Einen Hals wie ein Celangedicht und das Gesicht beinahe Porzellan. Hargenauer kannte die, wenn schon nicht persönlich so doch als Sorte. Die Allgemeinheit liefert das en gros.

811 HAASE
Göhren 3/8 22.

– Wenn ich rauche? Es stört sie doch bestimmt nicht viel!

Was war das? Welcher Körper, welche Email-Stimme, was weder noch paßte und ihn dennoch überrumpelte. Schmelzbezug. Hargenauer mußte es geschehen lassen, eine Zeit kippte weg wie ein Hollunderschnaps. Kann die denn nicht? Nein, steht doch deutlich auf dem Schild. Das heißt ja. Nein. Kecke Person. Beim Schaffner deklamieren? Doch dann ist es zum Wohl zu spät, dann ist alles Coupé düpiert und diese Dämpfe dublieren sich auf seine Zunge, belegen von innen die Venen, die Lunge. Bloß wie reagieren jetzt? Irgendwie gefiel ihm ja das Dreiste dieser Augenscheinlichen, daß sie sich unterstehen hat wollen überhaupt. Unterm Strich aber mißfiel es ihm, verständlich, ja ungemein sogar und sagt noch nicht einmal Entschuldigung. Pardon.

Und noch bevor sich in Hargenauer eine Strategie zurechtgestutzt hat, platzt

– Und ob mich das stört, sie Stirn gewordene Sucht.

aus ihm heraus, kommt seinem Kalkül kurz zuvor und passiert unzensiert die Schleuse in die Welt. Wieder steht der Satz stramm im Raum, wieder hat sich etwas Laut losgelöst vom Körper, ist ein Exkrement aus der Gedan-

709
HAASE

kenwelt geplumpst, ein Satz. Lautlos den nächsten anzustupsen.

– Also bitte, wenn sie meinen.

Mit vier, sechs heftigen Zügen schlürften die Hornhautwülste aus dem Abteil, nahmen die Sandalen mit, die oben festgestellte Fesselung, den weiten Rock, das Porzellangesicht, Räusper, um aus grün verschminkten Augen ein Lächeln mitzuschwemmen. So ein Sichling.

Auch so einer, dachte Frauke, wie das Mädchen hieß. Sie dachte Bürokratenampel, Schimmelreiter und Gesundheitsfettigeorge. Einer von der Gattung männlicher Pipi, die jedem Symptom gleich eine bequeme Hosographie anziehen. Die spüren bloß mal so ein Zwacken wo, schon leiden sie an Etagen Crepes. Wenn die Hand einschläft, ist es ein Intakt, beim Wasser schlagen denken sie an Posttrara, und wenn sie Humordruiden haben, Bibapöö, Alarmkatarrh, ist es Aids, et cetera.

Zwei. Einen Kuß gegeben sie sich gerade, langsam die obere Lippe ganz sacht, nur die obere, leicht berühren und weich und mit einem Finger langsam entlang und auf die Brust einen Kuß geben, langsam und sinnlich, die oberen Lippen finden sich zärtlich, passen Feuchte in Trockenheit, der offene Mund, Finger schmu-

51
6.V

sen den Arm entlang, bis sie sich verkrallen und Huch und Ach ist es schon wieder Morgen, die Sonne gähnt herein, nichts ist passiert, sind wir eingeschlafen und super Bettwäsche, keine Zellulitis, aber ungeschminkt schauen sie auch nach nichts aus. Huch, wo bin ich gelandet?

Frauke sah auf die Landschaft und die Landschaft sah in sie. Sie fühlte dieses eins mit ihrer Welt, diese Heloise-Schwellung, die ihr als Meineid offenstand. Als Gang. Draußen war die Welt in Kiefer, im Anstrich dieses Landstrichs lag platt etwas Schiefer. Kieselsteine und Geröll so in der Art. Die Menschen lieben ihren Wald, und Frauke zog ihr Löschpapier darüber, daß Flecken aufgetrieben wurden, abgeschleckte Bezüglichkeit. Leute wie Frauke vergessen Gründe nie. Sie argumentieren allerhand, haben für alle Fälle einen Anhalt zur Hand. Sie schleppen Berge von Beweis Beifuß und begrünen sich damit. Den Schild zu verlieren ist eine Schmach ohnegleichen. Eine Riesen-Formulierwut hat dieses eins mit ihrer Welt erfaßt, hat festgeschrieben, was es wie wovon zu halten hätte, gäbe, und somit abzuführen in Sprache, Reih und Glied. Eine Körperschaft Bericht. Nun hat sich diese Mauer aus dem Staub gemacht und den Leuten blieb der

Dreck, die anerzogene Gewohnheit. Jetzt können sie zwar nach drüben schauen, aber überschauen können sie es nicht. Noch bevor sich etwas losmacht, dieses Feld dann zu ergründen, ist es auch schon festgebrüllt in steif gewaschenen Begriffen. Die wollen gleich zu, mit und über alles reden, auch darüber, warum man halt gerade das nicht will. Eben.

Fleißig, sagt man, wären diese Menschen wie Unsummen Bienen. Ergo summ. Sie würden immer, sagt man, schuften, schinden, hetzen. Vorher könnten sie nicht ruh'n. In der Arbeit liegt, sagt man, summa summarum ihr Lebenszweck. Man sagt auch, daß man sagt, man sagte, daß sie werken wie besessen, nicht gemütlich wären, weil man sagt, es gäbe ständig etwas zu tun. Hesiod sagt: Arbeit schändet nicht. Und Benn sagt: Arbeit heißt Steigerung zur geistigen Form. Das Arbeiten ist meinem Gefühl nach dem Menschen so gut ein Bedürfnis als Essen und Schlafen, sagt Humboldt. Man sagt auch, daß man sagt, man sagte, daß sie werken wie besessen, nicht gemütlich wären, weil man sagt, es gäbe ständig etwas zu tun. Wer nicht arbeitet, soll auch nicht essen, sagt man. Ora et labora. Arbeit macht frei. Arbeit, sagt man, macht erst das Leben süß.

Und Menschen wie Frauke und Hargenauer sind Menschen wie und unterscheiden sich nicht weit, werden abgeholt am Bahnhof oder nicht, stellen sich auf die haspelnde Treppe oder nicht, stottern lieber zu Fuß oder nicht. Nicht? Menschen wie Frauke und Hargenauer sprechen noch ein wenig oder ignorieren sich, steigen in ein Taxi oder in die U, freuen sich jetzt einmal auf oder würden gern noch weiter fahren mit Menschen wie Frauke und Hargenauer. Menschen wie Frauke und Hargenauer reißen ab. Damit. Nicht?

II

Daß man »die da« sagt und »diese«, »jene« oder »viele« und somit subsumiert: Über einen Plural, so als ob es jedem gälte, ist doch suggestiv. Und subjektiv ist auch, wenn man über mehrere und seien es bloß zwei. Egal, was dann wird, welche Rede aufgezogen, welche Weichen eingetunkt, man meint es immer böse oder irgendwie. Steht jetzt die Intention in eine Richtung, legt sich über eine Gruppe und belegt damit, ist das der Anfang jeder Welt. Daß man »die da« sagt und »diese«, »jene« oder »viele« und somit subsumiert. Darunter.

Haurucker war unzufrieden mit sich selbst persönlich und war unzufrieden mit diesem Fräulein, mit dem er sich verzinst hatte und die ihm doch nicht geben konnte, worauf er gespart hatte. Und Haurucker war auch traurig über den Betrug, den er sich geleistet hatte, den kleinen Zinsfuß, den er zwischen sich und Frauke treten ließ. Er war unglücklich, daß er der Versuchung nicht widerstehen konnte, sein Denken überhaupt in dieses Sparschwein

Scene
dem Film
des Pharao
564
6. 8. 22

steckte und vom Ertrag so unbedingt enttäuscht war und bankrott.

Fräulein, die sich nun gefragter vorkam, war in ihrer Stimmung hin und her. Bestätigung, Betätigung, Zuneigung, Absichten oder aus.

So geordnet wie ihre Ausrichtung stellt sich mit Sprache auch ihre Einrichtung her, alphabetisch:

Anrichte. Das Design, dessen Edelstahl. Ein etwas High Society. Eine Ledercouch aus Nashorn; sie sagte dazu »Scheißlanguu«. Ein Hintern von vorn. Einen. Einer. Fitnesskurse. Fleischgewordene Barbiepuppe. Fräulein Idiom. Ihre illustren Insignien vermarkteter Idylle. Immobilienbesitze, Impressionisten an den Wänden. Industrienation. Infantin. Inhalt. Inventar. Irgendwie Küchengegenstände. Ihr Lebensinhalt lebte Möbel mit Intarsien. Saftpresser. Si si, Stereoturm, Thermoskanne, und und und verchromt von vorne, war, wahr wie wohlgeformtes Zwiebelmuster.

Daraus. Ein Schwall gerät in Fluß, durchtränkt Gerätschaft, Situation und alles, was noch Sitte ist, es sinkt. Sintemal, Pardauz, Perdü, selbst Dämme rechnen sich aus, kapitulieren. Denk mal an. Was für ein Prinzip sich

Das We
Phot.

damit einklagt. Durchfall. Es rumpelt in Poseidons Gegend. Mordstausend Sapperment.

Hände waschen, nein, Händewaschen, das. Das Händewaschen anhand einer Hand voll Wasch. Lappen. Wasch und reib dich sauber, reib dir einen ab. Du Schmutz. Du ekelhafter Fink, du stinkst und transpirierst, Firmling du. Hände waschen, nein, Händewaschen, das. Das Händewaschen anhand einer Hand voll Wasch. Lappen. Da, nimm das. Reib dich damit. Säume nicht und schäume dich mit Seife, wisch dich ab, du Sau. Du fleischliche Erscheinung. Hände waschen, nein, Händewaschen, das. Das Händewaschen anhand einer Hand voll Wasch. Lappen. Du gehörst in Ordnung, dir fehlt die Pediküre, der Friseur, du Wurzelkopf. Stündlich wüsche ich mich an deiner Stelle, allein, was nützts?

Haurucker hatte auf intime Gespräche gespitzt und war am Styling abgeblitzt.

Fräulein, die sich nun gefragter vorkam, konnte nicht verstehen. Sie war mit Marktwirtschaft erzogen, groß, hatte alles, was sie wollte – immer schon gehabt.

Über Geschmack läßt sich ja zum Glück nicht streiten. So muß das Leben schmecken.

Gast in Göhren.

Das ist das Dasein. Das Dasein, das ist ein Fenster, die Schokoladenseite der Milch, ph-neutral und besonders hautschonend. Und den Stiel können Sie genau auf ihre Größe einstellen. Die neueste Idee von unserem Dasein. Sie schalten, das Dasein kuppelt. Darling, jeden Tag ein Darlehen. Slipeinlagen bleiben einfach besser in Form. Und den Stiel können Sie genau auf ihre Größe einstellen. Das Selbst braucht den richtigen Biß. Das Dasein mag man eben. Mutter, wie wird so ein Dasein gemacht? Das ist ganz einfach, man nimmt eine gute Zukunft mit guten Zinsen und den Stiel kann man genau auf seine Größe einstellen. Das Dasein zur Einführung. So soll es sein. Frische, mehr Frische, ich brauche das Dasein, dieses morgenfrisch gepflegte Gefühl. Das Dasein ganz für mich allein.

Nicht einmal in der Nähe war Haurucker Fräulein nahe. Seine amputierten Sprüche, die seine Ansichten in den Anspruch holzten, dem Apparat zu schaden, den Konsum-Aristokraten. Er sprach von Anrichte, vom Akzent des einzelnen, von der Abstraktion der Masse. Aggressiv sein. Die öffentliche Meinung kam ihm aus dem Mund, subversiv sein, und daß es die nicht gäbe, daß das bloß so ein Geschreib-

Neptun als

sel sei, Interessen und Mächtige zu stützen. Krücke.

Jetzt platzt es und es geht hin und her und sie sucht Trost derweil. Das ist so eine Familienserie, Telenovela, es geht um den Hargenauer, um Haurucker und seine Frau, die Folge, wo er sie betrügt, ja, dann platzt es und es geht hin und her und sie sucht Trost derweil und dann ist da halt die Mutter von dem Hargenauer, die ist streng, da muß man pünktlich sein, ist immer zeremoniös und tendentiell irgendwie. Und was noch passiert, das passiert weil. Und was ist das letzte Wort? Was die Oma sagt. Nein, zeremoniös. Und die Putzfrau ist eine Art Hauselixier. Wixen wie Mexiko. Dann sind alle ausgeflippt. Dann platzt es und es geht hin und her und sie sucht Trost derweil. Dann, derweil bekommt sie angeboten, sie und der amtlich Beamtete, weil inzwischen ist immer einer verunglückt, zehntausend Sachen oder so, dann haben sie sich entschlossen. Und was noch passiert, das passiert weil.

III

Haurucker hatte nichts gesagt, nicht Wiedersehen, nicht Tschau und auch nicht Ruf mal an. Frauke ging ihm durch und damit ins Bewußtsein. Er würde ihr alles gleich, den Betrug, den Schuber Moder, den er zugelassen hatte. Er wußte, daß er sich das Geschehen wegreden mußte, vom Herzen weg. Das Aussprechen würde ihn erleichtern, dachte er.

– Grüß Gott. – Sgott. – Ein scharfes Pfefferoni. – Eins? Zwei? – Kommt darauf an, wie scharf sind sie. – Die sind sehr scharf. – Gut, dann zwei. – Das ist gut? – Nein, gut. Und Salz auch. – Das ist ein Wahnsinn, die sind so scharf. So bitte. – Salz auch. – Salz? Das gibt es ja gar nicht. – Nein, nein, gibt es Salz? – Ja, Salzgurke und Salz und scharfe Pfefferoni, das ist ja unmöglich. – Zu trinken auch etwas? – Zwei Fanta bitte. – Glas dazu? – Geht schon.

Inzwischen war es Mittag, und Haurucker war in seiner Bude, und der Mittag war in seiner Bude – und auch Frauke. Mit dem Mittag war sie gekommen und mit ihr der weite Rock, das zimtrote Haar, das Porzellangesicht.

Außerdem hatte sie ihre Reiseerlebnisse mitgebracht, aber wen interessierten die. Haurucker spürte den Schweiß in seiner Hand, das flächige Zittern seiner Stimme, das schutzlos Ausgelieferte in seinem Blick. Er war überzeugt, daß Frauke das aufgefallen war. Aber sie sagte nichts, ließ ihn Philipp zappeln und schnatterte. Sie trug den Estrich diverser Landstriche vor, Stätten und Geschehen. Haurucker mußte es ergehen lassen. Manchesmal setzte er auch an. Wie beiläufig wollte er es sagen, diese andere, und was davon zu halten war. Fräulein wollte er sagen, weißt du Frauke, so ein Fassadentrampel, und das würde auch bestimmt nicht schaden, das wäre doch nur ach, und nichts mehr dahinter. Nichts, was da dazwischen träte. Null. Er wollte beiläufig mit ihr sein, wie zufällig zärtlich, doch sein Speichel war versiegt:

»Das ist halt, daß es, das heißt und dann mindestens, wenn nicht, um einigermaßen, vor allem darum, daß, das heißt, daß auch das eine Art und dann ist, also wenn, wenn, dann ist, was ist das, das spielt dann überhaupt keine Rolle, weil, wenn vielleicht, wenn es ist, weil, das ist ja alles. Ich weiß auch nicht, das ist jetzt, denke ich mir, und das ist, das ist ja ohnehin so, daß ich, was ohnehin, aber damit kann es, ich

weiß auch nicht, aber ich, ich habe, das heißt, da sind, da ist, wenn man, aber das, vielleicht und das ist ja, dann kann man, weil da, das heißt, daß, nur um zu zeigen wie man, man soll ja eher, meiner Meinung nach, das ist, glaube ich, und das ist dann vielleicht auch wirklich, also soweit, daß ich glaube, das ist doch ein Unterschied.«

Wie aus dem Effeff beherrscht es sich, stürzt ohne anzuklopfen über die Hundsrücken. Ultimo. Herausrücken damit, Atout, und damit das Herausrücken auf die Sprache bringen, touchieren Sie mich nicht, und dadurch die Sprache auf das Herausrücken bringen. Auf die Strafe. Es spült. Schon schnappt es über, schlägt sich durch als Flut und tränkt die Eingebung, reißt alle Ordnung mit, alle Spompanadeln, jede Überschaubarkeit. Es düngt sich ein als Wellenschaft, kräuselt alles, wickelt zu, erschlägt. Potzdonnerblitz.

Frauke aber fiel in eine Leere. Das Wort »betrogen« stand in einem hohen Bauschundbogen. Gewiß, sie kommt darüber. Aber war der Lugundtrug nicht auch ein Windelweich in ihr? Sie taumelte. Hieß das Wort nicht auch noch Schwindel? Gingen ihr mit diesem Sehen nicht

4910
10
8

auch die Augen und rissen etwas weg von ihr. Der Einklang, in dem sie sich zu hören wünschte, war gestört von einer Giftkredenz. Der Pfeiler, auf dem ihre Existenz zur Höhe schoß, war er nicht fest in diese Ziehung zementiert? Und plötzlich begann ein Zahn daran zu zählen. Ob er steiler war als sie? Gewiß, das spürte sie, gibt es ein hurtiges Darüberwissen. Dennoch ging jetzt eine Ausfahrt auf und sog sie in sich ein. Eine Leere machte sich bereit in ihr. Alle Werte wurden matschig, so trocken sie auch waren, ihr Leben verlor ein Stollwerk Sinn. Ihre Hände griffen nichts, versuchten etwas zu erfassen, schnappten mit dem Mund nach Meter. Theorien. Sie griff danach, verzweifelt, äußerlich unbeschadet, ein Lächeln aufgefroren. Dieses Habenwollen, Müssenmus, die Erlangung jeder Möglichkeit samt Versklavung – das war so typisch Anus, dachte sie, Gehgehjung, und auch, daß sie darüber könne, kommen über diese Schippe Schmerz. Sie würde sich schon fangen, zusammenfassen.

Da sind halt vier Gesellschaft, die man alle selbst sein könnte, das Geschlecht nicht inbegriffen. Vielleicht sind es auch nur zwei, oder überhaupt nur einer, ne, alles nicht autobiographisch.

155 18/8

Hargenauer, womöglich ein Gelegentlich, wenigstens mit wulstiger Lippe und Beinahe-Bärtchen. Zirka Ende 30, sehr korrekt, wenn man sich vorstellt, religiös natürlich, einwandfrei gekleidet, aber doch zu bunte Nebensächlichkeiten, die Krawatte eventuell, die Seidenstrümpfe. Kleine Blößen, die Witz hinzutun. Er spricht vielleicht verhalten, stottert wahrscheinlich obendrein. Schwarze, glatte Haare, vermutlich Schnittlauch gespalten, will ein bißchen auf lausbübisch, ein wenig auf jugendlich. Eventuell ein Faible, etwa Glücksspiele, um seiner sicherlich doch engen Welt einen Einsatz zu entsagen.

Dagegen Haurucker, womöglich ein Spontan, mindestens mit wuchtigen Brauen und fast Mücke. Gegen 30 detailliert, wenn man sich denkt, Atheist natürlich, behaglich angezogen, aber doch belanglos, die Maschen ungebunden, oder die Wollpullover. Kleine Fersen, Kalauer abzurunden. Er spricht schätzungsweise ungehalten, hackt daneben. Aschblonde, verföhnte Haare, vermutlich Karfiol gebürstet, will ein bißchen auf dreist, ein wenig auf keck. Unter Umständen ein Faible, etwa Alkohol, um seiner sicherlich doch knappen Welt ein Randvoll zu entsagen.

Während Frauke ein Geradewegs, immerhin

mit tüchtigen Wangen und fast Paket. Sehr profunde 30, wenn man sie umreißt, liberal natürlich, idyllisch angezogen, einerlei, netzbehangen oder Westen. Ein kleiner Rehrücken, den Gedanken zu untermalen. Sie spricht vielleicht verwahrt, fispert vertraut. Hennarote, verwickelte Haare, in etwa Broccoli geschniegelt, will ein bißchen auf frech, ein wenig auf keß. Wenn es geht ein Faible, etwa Fingernägel, um ihrer sicherlich doch kurzen Welt eine Länge zu entsagen.

Fräulein hingegen, womöglich ein Schnurstracks, immerhin mit flüchtigen Wimpern und beinahe bündig. Auf die 30 ausgefeilt, wenn man meint, liberalistisch gewiß, proportional justiert, Jacke wie Hose, garnumflochten oder Zellulose. Ein Hintern wie erfunden. Sie redet Wasserfälle, Sturzflut. Aufrichtig brünette Haare, vielleicht Spargel anerzogen, will ein bißchen auf frivol, zeigt es aber kaum. Allenfalls ein Faible, etwa Telephon, um ihrer sicherlich doch stillen Welt eine Einheit zu entsagen.

IV

Alle. Heiter sind sie wie ein lauer Mai, in Humor lassen sie sich gehen, Germ, oder auch in Herzlichkeit. Und wenn es was zu schunkeln gibt, sind sie gleich total dabei. Sie lachen viel, sie lachen laut. Schaukeln ihre Unterkiefer Hollywood. Über kleine Witzchen stimmen sie sich gründlich zu, lachen ein Über über Schultern, klopfen sich auf den Spinat oder mit derben Partien in die Knie. Absolut. Sie haben, wie man sagt, Humor, hundertprozentig, heiter sind sie wie zerplatzte Tüten. Aber lustig? Lustig sind sie nicht gerade. Wenn sie lachen, scheppern Ratschen. Konzentrierte Herzlichkeit. Und kugelrund ist dieses Rumpeln, daß es fertig macht damit und gar. Ganz. Es rollt dich nieder wie ein Bierzeltbild. Schlitzgesicht. Da wogen sie und wellen derb. Jeder. Wellen Reden, wie die andern tun und wären gern dabei, gebrauchen ihren Mund dazu, ihr Trinkorgan, aber das ist schon zu förmlich alle.

Das ist so Mittelschicht oder gehobene, so mit Adelig dazugemischt, so Bourgeoisie und

bürgerlich. Und man fragt nach dem Beaujolais oder irgendeiner Sorte. Na, wie gehts denn dem Welschriesling, und dann sagt er: »Aha, ich sehe, es gibt Probleme.« Bouillon und bürgerlich. Jetzt haben die beiden Lutschbonbonweibchens ihre Hände zusammen. Telenovela. Und immer eine klassische Flöte als Bindetango. So Mittelschicht oder gehobene, so mit Adelig dazugemischt, so Boulevard und bürgerlich. Alles auf Natur oder Tanzstunde, wo die Leidenschaft erst in einem angelernten Tango zu erfassen ist. Und dann kommt die Mode, das ist wichtig. Diese, die Villen haben, aber nein, sie haben auch menschliche Probleme, genau wie wir alle. Und ganz locker toll und halt die Freundin, wo der Mann sie betrügt und das funktioniert, aber selbstverständlich will die in die Mittelschicht, ins gehobene Bouquet und bürgerlich.

Nur Ordnungshüter lassen sich zum Zeichen ihrer Zugehörigkeit ein Bärtchen auf. Oder Gigolos. Hargenauer verband mit diesem Streifen Männlichkeit einen Strich Romantik, den er seiner so geordneten Erscheinung sich aufzusetzen pflegte. Mit dem Wissen strich er darüber, daß dieser Horizont ihn ferner machte, als er sah.

Von Fräulein sprang ihn diese Färbung an, diese abgekratzte Haut. Ihre Bewegungen schienen holpriger, ihr Eindruck tat zerfahren. Ob sie schon immer so gewesen ist? Oder hatte er diese kleinen Zitate ihrer Gegenwart bereits vergessen? Hargenauer griff nach Fußnoten, kleine Anmerkungen zählte er ab. Er hatte Fräulein seit zehn, zwölf Tagen nicht gesehen. Siehe oben. Ob etwas geschehen ist? Siehe unten. Fräulein jedenfalls verriet ihm nichts. Hier. Aber vielleicht führte sie ihn ja behutsam her, sprach sie nur deshalb hin in den Diskurs der Wirtschaft, weil sie das Gürtelengerschnallen zwischen ihnen meinte. Den Heringschmaus der Gefühle. Sie wühlte sich hinein, ihr ganzes Sein, um doch nur Wurscht zu werden. Aschermittwoch. Auszustrecken, sich und auch ihr Gegenteil. Paßten sie nicht bündig zueinander? Aber hieß dieses Nebeneinander denn schon Verschluß? Zerrissen sie sich nicht zu schnell? Und was blieb dann vom einen, wenn dem anderen ein Knopf aufging. War es dann nicht bloß der Name, der hängen blieb.

Je näher Fräulein an ihren Körper dachte, desto ferner wurde er-sie-es. Die Hände verloren die Versicherung, in der Stimme kursierte ein Wimmern. Von Wirtschaft erzählte sie, von Dollarab und Börsenzu. Ihr Körper aber spe-

kulierte mit Zusammenbruch, schnappte auf, brach sich beim Wasserholen fast den Zeh, H_2O, schnitt vorbei am Glas und alles Nasse in sich rein.

Ein Schwall im Fluß durchtränkt Gesellschaft, Situation und alles, was noch Sitte ist, es sinkt. Sintemal, Pardauz, Perdü, selbst Dämme rechnen sich aus, kapitulieren. Denk mal an. Was für ein Prinzip sich damit einklagt. Durchfall. Es rumpelt in Poseidons Gegend. Mordstausend Sapperment.

– Hast du etwas. Fehlt dir was. Willst du mir nicht noch was anvertrauen?

Hargenauer hatte das so sacht plaziert, so freundlich und gelegentlich, daß Fräulein gar nicht anders konnte als geradewegs daran vorbei. Schnurstracks.

– Was soll ich? Und: Wie meinst du?

Schließlich aber schwoll es doch an ihr, sprang eitel auf und Hargenauer als Geschichte an.

Hargenauer war perplex. Sein System begann zu sinken. Innerlich ersoff er schon. Äußerlich sprach er von Erfahrung und deswegen käme man nicht um.

»Ja, das verstehe ich, ich sehe, was du meinst, verstehe dich. Ja, ja, es leuchtet mir schon ein. Ich verstehe, was du sagen willst, ich dachte das ja auch schon oft. Ich habe schon kapiert, ver-

stehe das, es ist mir klar. Schon weiß ich, was du sagen willst und meinst.«

Diese logische Behandlung aber, die das Gute auch im Argen sah, brachte Fräulein ganz innerlich außer sich. Sie hatte eine Tracht verdient, eine breite Masse Prügel. Statt dessen aber schlugen Ratschläge auf ihr Bürgermeister. Ihre ohnehin schon flaue Stimmung verlor damit den Wind.

Man konnte Worte nehmen und sie fahren lassen als einen Flatus, einen Intercity. Hargenauer aber wollte Präzision. Allein die Worte rannen wie Perlen aus einer offenen Kette, plumpsten ins Bodenlose. Wie Gummibälle hopsten diese sperrangelweiten Worte und hops war auch Hargenauer, innerlich, nur so ein Stück. Die Sprache fraß ihn auf, hatte ihn sich eingebrockt wie einen Abschnitt Brot. Ein Scherzl. Hargenauer aber sehnte sich nach Präzision. Er wollte Erklärbarkeit, Ursache und Zusammenhang. Oder jemand beuli machen. Die Wörter aber waren Treibgut und trocken waren diese Brösel Welt, die ihm nichts zu panieren hatten. Hargenauer aber sehnte sich, Schnitzel wollte er klopfen, Akkuratesse, sein Weh herunterfaseln, einem Du sagen, wie ungerecht das alles, und wie unschuldig er dazu

gekommen ist. Bestätigung und Plätze der Ermutigung. Das wollte er. Doch die Welt blieb ihm gemein, gestand ihm dieses Das nicht ein.

Das ist gar kein Ausdruck, das begreife, wer will, eine schöne Bescherung ist das, das ist mein Bier, dies und das, das ist doppelt gemoppelt, das Das, das bleibt in der Familie, dort kommt es in der besten vor.

V

Fräulein, erleichtert, daß Hargenauer trotz ihrem Eingeständnis nicht aus dem Häuschen war, fand sich versteinert in Sätzen wieder wie »was heißt das schon«. Die Gebeine der Mutter über die Schulter werfen? Was kann schon passieren. Sie zitterte ein wenig, bemüht, möglichst wenig Lärm zu machen, und schlich das Stiegenhaus hinauf. Geröll. Jeder Wurf ein Mensch. Warum hatte sie bloß ja gesagt? Sie spielte Gewalt. Aber gerade in der Anschrift dieser Fremden? Das war so unbedingt ungeschickt, daß sie es unmöglich selbst begriff. Warum hatte sie bloß ja gesagt, machte sie nicht kehrt und drehte sich Reißaus. Sie hatte keinen Tau, wie diese andere, Frauke hieß sie, eigentlich zu ihrer Nummer kam. Unerhört. Und noch weniger, was die von ihr. Nur mal kennenlernen, man könne doch reden. Darüber. Interesse hätte sie und wie. Und wie so eine war, sie fände nichts dabei. Fräulein wollte sicher gehen, in ihrer Tasche Tränengas, man wisse nie.

Auch Frauke kannte diese schalen Flauten, die ihren Magen nach Belieben schälten. Auch

Frauke wußte nicht. Nur mal eben sehen, ob die andere eine war, die mit der Schale spricht. Frauke hoffte das. Sie hatte wühlendes Gemurmel, daß mehr dahinter gärte, Gräte und Hintern, Haurucker sie beschemelt hätte. Aber was sie mit dieser Fräulein, wußte sie nicht. Warum sie es ließ, ja selbst erbat, daß ihr diese in die Adresse stieg, sich darin setzte – und Anstand. Aber was es zu reden gab, hatte sich für Frauke noch nicht artig mutiert. Sie hatte sich zwar Sätze hingelegt, Homogene abgehalten, so fühlte sie sich ihrem Gegenüber monolog. Daß es so nicht ginge, sprach sie da, und daß man sich zusammenhalten müsse, als Frau besonders. Und als Wichtigstes, daß es so nicht weiter reiche, sie das eine Mal zwar signieren könne, aber doch nicht fürchten möchte daß, sich lieber in Hoffnung geben, schließlich wäre das doch zu verstehen. Sie verstünde ja durchaus und dieses Einmaleins war ihr auch nahe, letztlich aber möchte sie doch bitten, sie kapiere das ja wohl. So hatte Frauke ihren Dialog allein gedacht. Beredt.

Schon reichte es, daß beider Augen waren wie ein Besenstiel, die andere fixierten : fixierten andere die Besenstiele, ein Wie war Augen beider, daß es reichte schon. Schon verstanden sich beide in Wörtern:

Die Welt, die sich meine Eltern für mich vorgestellt haben. Weil mein Freund will nicht tanzen. Haben sich etwas anderes erwartet. Oh, habe ich Lust, eine Pizza zu essen. Saccharin? Ja, viel, damit ich das Gefühl von Süßigkeit habe. Er photokopiert alles, ich schwöre, und sperrt sich so richtig in Bücher und eigentlich sehnt er sich irrsinnig, will überhaupt kein Wischiwaschi sein. Aber geizig. Der hat sogar das Klopapier versteckt, damit man nicht zuviel verbraucht. Ich hatte aber zwei Fehlgeburten und will trotzdem immer in die Tanzschule, weil mir tanzen so einen Spaß macht. Und er spart, wo er kann, kocht aber gern Süßes, Plätzchen und Kuchen, die er genau abmißt, er ist ja Chemiker, also kann man sich vorstellen, wie der einen Kuchen backt, aber auf den Millimeter exakt. Saccharin?

Hier reichte es, die eine in die andere, und schon verstanden sich beide in Körpern:

In die Augen fallen Augen, in die Augen fallen Seen und Rücken gleiten an Rücken, von dem Leib, der Hand, sie tasten vor, langsam die obere Lippe, ganz sacht, nur die obere, leicht berühren und weich und mit einem Finger langsam entlang und auf die Brust einen Kuß geben, langsam und sinnlich, die oberen Lip-

Göhren/Rg

pen finden sich zärtlich, passen Feuchte in Trockenheit, der offene Mund, Finger schmusen den Arm entlang, bis sie sich verkrallen, Schenkel begrüßen sich und stellen sich feucht. Wie zärtlich sie ist. Sie ist wie ich. Augen fallen in die Augen, in die Augen fallen Seen. So weich und fleischlich gegenwärtig, daß man in der Nähe nicht mehr erkennen kann.

VI

Die Autos stachen aus der Ferne, Menschen waren Schemen, flackerten herum wie Schatten, zoomten zu. Die Taube kehrte zurück. Meinungen standen im Raum. Im Traum bewegten sich die kleinen Füßchen wie im Traum, somnambul rannen sie umher. Man müsse der Inkohärenz ein Ende setzen, zeigen, daß es so nicht weiter reiche, keinem Sinn entgegen. Insgeheim sehnte sich ein jeder nach dem großen Ging, nach dem Ölzweig im Schnabel, nicht wenige auch nach der Hand. Jeder wollte sich damit verewigen, wollte ein Abbild in dieser Sage sein, in diesem Film.

Als Hargenauer am Ziel war, hörte er noch diesen dumpfen Rumpf, der wie eine Sektion Plop gemacht hatte, und Plop stand auch in seinem Kopf. Bis zum Hals stand ihm das Plop. Seine Wirklichkeit war Plop und Plop war auch sein Wesen. Mit allen Wassern gewaschen. Er schäumte brut in sich drinnen, freute sich und brauste auf, schließlich schoß er endlich aus seinem Gehäuse, hatte selbst etwas gewagt, mit Plop seinem Schneckenhaus ade gesagt. Aus

569

der Röhre Plop gejagt. Daneben Pulverbiß, der Faden stieg empor wie Zigarettenkringel, ein Auflauf war auf ihn eingestürzt. Hargenauer ließ es sich ergehen. Sein Hals. Wie durch einen Filter hörte er die Schreie, spürte Gendarme nach sich greifen, ließ sich nehmen. Seine Kehle quoll. Er fühlte sich so x-beliebig wichtig wie eine hintere Welle in einer Woge. Ein Klistier.

Sintemal, Pardauz, Perdü, dem Dingfesten der Dinge schwappt eine Masse über. Eine aufgelaufene Schlüssigkeit liquidiert die festen Länder. Ein einstmals stilles Was, kein Wort will es halten, kein Meer. Es reißt den Sinn mit sich. Ein Schwall gerät in Fluß, durchtränkt Gerätschaft, Situation und alles, was noch stilecht ist, es sinkt. Denk mal an. Was für ein Prinzip dich damit einlullt. Durchfall. Wie aus dem Effeff beherrscht es sich, stürzt ohne anzuklopfen über das Herausrücken, spült. Schon schnappt es über, schlägt sich durch als Flut und tränkt die Landschaft, reißt alle Ordnung mit, Dämme weg. Es düngt sich ein als Wellenschaft, kräuselt alles, wickelt zu, erschlägt. Potzdonnerblitz.

So ertränkt sich die Geschichte selbst mit sich. Das ist ein Widerspruch, den spült sie mit sich mit, und aus den letzten Zipfeln Zuorden-

barkeit wringt sich was und das ist das, und was sich wringt: Zuordbarkeit, Zipfl, letzter, den aus und mit sich mit, sie spült den Widerspruch, ein ist das Sich, mit selbst Geschichte, die sich ertränkt so.

Nachwort

Romanzen und Matrizen

> Literatur – Kunst der Sprache. Die beste ist die, welche ihre Sprache am besten beherrscht. Doch kann man diese Sprache in zweierlei Weise beherrschen – entweder wie der Athlet *seine* Muskeln oder wie der Anatom *die* Muskeln. Zweierlei (Er)Kenntnis. Man muß Anatom und Athlet vereinigen.[1]

Franzobel vereint in seinen Texten die Reflexion der Sprache als System mit der Demonstration dessen, was Literatur als Redeweise, als gesprochene Sprache, ausweisen kann. In diesem Sinn »beherrscht« er, das Bild Valérys aufgreifend, *die* Sprache und läßt sie eine Anverwandlung durch sein (poetisches) Sensorium zu *seiner* Sprache durchlaufen (wenn auch nicht als eine auf Perfektion abzielende Hochleistung, sondern mit der unprätentiösen Einbindung des kalkuliert Fehlerhaften und wie nebensächlich Anmutenden). Er schreibt die Tradition der modernistischen Dichtung fort, wie sie in der österreichischen Avantgarde nach 1945 ihre Gestalt gefunden hat. Ausgehend von der »Wiener Gruppe« (Achleitner, Artmann, Bayer, Rühm, Wiener), vor allem von der Literatur Konrad Bayers und Oswald Wieners, sucht er nach einer

1 Paul Valéry: Cahiers/Hefte. Auf d. Grundlage der v. Judith Robinson besorgten französischen Ausgabe hg. v. Hartmut Köhler u. Jürgen Schmidt-Radefeldt. Übers. v. Markus Jakob, Hartmut Köhler, Jürgen Schmidt-Radefeldt, Corona Schmiele, Karin Wais. Frankfurt/Main 1987, Bd. 1, S. 430.

Form des poetischen Ausdrucks, der diese Vorgaben in sich enthält, ihnen aber auch etwas zu erwidern hat. Für einen, der an die Literatur auch einen Erkenntnisanspruch stellt, ist es eine Notwendigkeit, mit der kanonisierten historischen Moderne wie mit deren (ebenso der Kanonisierung nahekommenden) Vermittlern, etwa der »Wiener Gruppe«, so umzugehen, daß ihm ihre Arbeiten die Folie des schon einmal »Erreichten« abgeben, zugleich aber als Material genutzt werden, das in den eigenen Texten eine konstruktive Fortführung erfährt. Warum aber gerade das Werk Bayers und Wieners als Franzobel unterstellte Referenz? In ihnen verdichtet sich auf verschiedene Weise eine dandyesk stilisierte Poetik, die als Kondensat in Franzobels Texten wiederkehrt: etwa die ständig changierende Perspektive der Weltwahrnehmung und -repräsentation in Bayers Roman »der sechste sinn«[2], in dem die üblicherweise starre Identität der vorkommenden Personen geradezu dahinschmilzt; oder der (mit Vorbehalten) anarchistische Drive in Oswald Wieners »die verbesserung von mitteleuropa, roman«[3], der Wiener immer noch als Material der Introspektion zu interessieren scheint. Franzobel stellt nun in seinen Texten nicht die explizite Frage, ob und wie ein (poetisches) Bewußtsein strukturiert ist, sei es subsymbolisch oder automatenhaft, sei es auf der symbolischen Funktion des (literarischen) Zeichens beruhend. Er führt vielmehr die Kollision dieser beiden Vorstellungen in seinen Texten herbei, indem er die Verwandlung der ihn umgebenden Welt, die *auch* eine außerliterarische, alltägliche und vielleicht vorsprachliche Erlebniswelt ist, in den literarischen Text demonstriert. Nun könnte man sagen, daß es nichts Besonderes, ja geradezu ein Merkmal jeder Art von Literatur ist, die als außersprachlich existent

2 Konrad Bayer: der sechste sinn. ein roman. In: Ders.: Sämtliche Werke, Hg. v. Gerhard Rühm. Wien 1985, Bd. 2, S. 208-312.

3 Oswald Wiener: die verbesserung von mitteleuropa, roman. Reinbek b. Hamburg 1969.

gedachte Welt im Sprachkunstwerk »in Szene zu setzen«. In den Texten Franzobels ist es aber, und auch hier knüpft er an die Dichtung der Moderne an, nicht ein für allemal beschlossene Sache, ob der Text die Welt oder die Welt den Text hervorbringt. In all dem steht Franzobel den eben genannten Werken der »Wiener Gruppe« näher als deren früheren Gemeinschaftsarbeiten, die noch mehr der Vorstellung zugeneigt scheinen, daß der Text die Welt hervorbringe und damit einer radikaleren Form des literarischen Solipsismus Ausdruck geben. Weitab sind seine Texte aber von einem dem Solipsismus entgegengesetzten *realistischen* Duktus, der ein der Literatur vorgängiges Weltbild im Sprachkunstwerk abbildend umzusetzen versucht. Denn wenn ein bestimmtes Weltbild der Dichtung vorausginge, bestünde dann die einzige Aufgabe des Dichters nicht darin, der Umsetzung dieses Weltbilds mit dichterischen Mitteln zu entsprechen? Dann wäre der poetische Akt nichts als eine Verfremdung des bereits im voraus Gewußten ins Dichterische, das sich an dem vorausgesetzten Weltbild zu messen hätte. Scheitern und Gelingen dieses Unternehmens wäre ziemlich genau festlegbar, eben dadurch, ob der fertige Text die Bedingung erfüllt, auf nachvollziehbare Weise das auszudrücken, was der auslösenden Gestimmtheit entspricht. Scheitern und Gelingen wäre aber auch deshalb so genau festlegbar, weil nichts anderes auf dem Spiel steht als der angemessene Ausdruck, wodurch sich die Bewertung von Texten auf das Handwerkliche ihrer Verfertigung reduzieren würde. Natürlich könnte man auch an den Texten Franzobels und speziell an »Die Krautflut« die verschiedenen literarischen Verfahren nachzeichnen, nach denen sie gewoben sind. Die Verfahren sind jedoch ineinander so verstrickt, daß eine Analyse wahrscheinlich zu nichts anderem führte als zu einer aufzählenden Reihung des Herausgedröselten. Um es mit einem Dichter zu sagen, der für Franzobels Poetik eminente Bedeutung hat, der generell für die Lyrik der zweiten Hälfte dieses Jahrhunderts eine herausragende und immer noch zu unbeachtete Rolle einnimmt, um es zu sagen mit Reinhard Priessnitz: »erklärbar am lyrik-schreiben ist alles sekundäre; alles technische; alles, was daran ›machbar‹ ist; und alles, was sich für das, worauf es einem ankommt, benutzen lässt.«[4]

Was Priessnitz für die Lyrik skizziert, läßt sich ähnlich auch an Franzobels Prosa ausmachen (was nicht heißen soll, daß Franzobel einer gattungsüberschreitenden Auffassung der Literatur anhängt. Prosa und Gedicht sind ihm *nicht* eins). In den fünfziger und sechziger Jahren dominierte vor allem ein literarisches Verfahren jene Prosa, die mit dem Etikett »experimentell« versehen wurde: die Montage, d.h. die Aneinanderreihung von vorgefundenem Textmaterial. Franzobels Texte, diese Tradition aufgreifend, sind aber kein Abschnurren einer strikten Methode, die ausgestellt würde, um diese selbst auszuloten, sie sind keine Montage-Texte, in denen über die Montage als solche doziert würde. Ja, sie sind *auch* montiert aus vorgefundenem, erlesenem und erhörtem, Sprachmaterial: der Sprache des Alltags in verschiedenen Schattierungen oder der stilisierten Rede von Figuren, die diese in Situationen wie in den vom Text hervorgerufenen äußern könnten. Franzobel montiert aber nicht *nur* vorgefundenes Sprachmaterial, sondern setzt die Fundstücke der gleichen Bearbeitung aus wie alle anderen Qualitäten, die ein poetischer Text her- und darstellen kann. So könnte man angesichts seiner Prosa von einer »inhaltlichen Gedankenmontage« sprechen, der das »Auflesen, Sammeln und Umgestalten des ›alten‹ Wortmaterials zu ›neuen‹ in der Vieldeutigkeit der Sprache angelegten Inhalten« *nicht*

4 Reinhard Priessnitz: texte aus dem nachlass. Hg. v. Ferdinand Schmatz. Graz, Wien 1994, S. 8 [=werkausgabe bd. 4]. [Zuerst erschienen unter dem Titel »einiges« in: Akzente. Zeitschrift für Dichtung. Hg. v. Walter Höllerer und Hans Bender. August 1966. 13. Jg., H.5, S. 395.]

genügt, »weil er genau diesem Mittel, der Sprache als Konstituens von Wirklichkeit, nie ganz vertraut und auch den Charakter des in ihr angelegten Objektiven mit seinem Subjekt oder seinen Zuständen des Subjektiven nicht vereinbaren«[5] kann. Was Ferdinand Schmatz, der Herausgeber des Werks von Reinhard Priessnitz, über dessen Prosa schreibt, läßt sich auch auf Franzobels Texte anwenden. Auch in ihnen ist es nicht so, daß ein methodisches Verfahren zum Credo der Textgenerierung erhoben oder daß der Text einer szientistischen Dogmatik restlos unterworfen würde. Ausgangspunkt bei seinen Texten scheint zu sein, daß er den auswählenden, gestaltenden Blick des Schreibens auf alle Aspekte, die eine zeichenhafte (literarische) Weltvermittlung ausmachen, zugleich und gleich gewichtet lenkt. Ihm ist die Inhaltsebene nicht von vornherein wichtiger als die Ausdrucksebene, was ein Merkmal des Realismus ausmachen würde, wie ihm, umgekehrt, auch die radikale Bevorzugung der Ausdrucksebene vor der Inhaltsebene fremd ist. (Diese Bevorzugung hat sich, verkürzt gesprochen, als wichtigstes Merkmal der »konkreten Poesie« gezeigt. Damit gelangte sie zu einem Extrem dessen, was man unter Dichtung verstehen kann: Das dichterische Wort wurde in seiner Individualität zum Ding gemacht, die materiale Seite der Sprache dahingehend betont, daß man den materialen Aspekt des Wortes – etwa seine typographische Visualisierung in der visuellen Poesie; im Fall des Lautgedichts seine phonetische Repräsentation – in solchem Maß betrachtete, daß man den Aspekt, den das Wort innerhalb der gesamten sinnstiftenden Maschinerie des Bezeichnens einnimmt, aus den Augen verlor.) Dem entspricht, daß Franzobel keine Scheu davor hat, seine Texte *auch* von der Seite des Inhalts her anzugehen, ihnen sozusagen eine Geschichte

5 Ferdinand Schmatz: Nachwort. In: Reinhard Priessnitz: fünf prosastücke. Hg. v. Ferdinand Schmatz. Graz, Wien 1987. S. 47-49; S. 47f. [=werkausgabe bd. 2].

zu unterlegen, die jedoch nicht zum dominanten Träger des Textganzen wird, sondern zu einem Moment unter anderen (etwa unter den formalen Verfahren, die aus den Texten ablesbar sind). In diesem Fall kann man auch eine Geschichte aus der »Krautflut« herauslesen: zwei Paare, die einander lieben, der Mann des einen Paares trifft zufällig auf die Frau des anderen, sie lieben sich und betrügen damit beide. Die zwei Frauen treffen sich bewußt, lieben sich, die zwei Männer treffen sich, einer tötet den anderen. Die Lakonik dieser Begebenheit deutet schon an, worum es sich im Fall der »Krautflut« handelt, wenn man sie nacherzählen möchte: um ein lebensweltliches Konstrukt, bei dem man dann gar nicht mehr so sicher sein kann, ob dem Text oder ob dem Leben »Realität« zugeschrieben werden sollte. Von der Ebene der Zeichentheorie her gesprochen: Franzobel akzentuiert im Gegensatz zur »konkreten Poesie« wieder den Referenten, also das, was das Zeichen in einer Bindung an eine (außerhalb des Zeichens) existierende Wirklichkeit bedeuten kann. Dabei geht die Frage nach dem Zusammenhang von Signifikat und Signifikant innerhalb des Zeichens jedoch nicht flöten, sondern erfährt eine Bereicherung durch die Anbindung dieses semiotischen Prozesses an die unmittelbare, vor der Bezeichnung existierende Wirklichkeit (ohne eine solche generell zu postulieren).

Ebenso entspricht seiner »avancierten Fortschreibung der Avantgarde«, daß Franzobel wieder Metaphern in seinen Texten gebraucht und damit das Metaphernverdikt der »konkreten Poesie« nicht in eindeutiger Weise gelten läßt. Er verwendet die übertragene Rede aber nicht auf den Zweck hin, mit ihr nur das auszudrücken, was die übertragene Bedeutung »meinen« könnte. Vielmehr kommen übertragene und wörtliche Bedeutung gleichwertig nebeneinander zu liegen. Die Metaphern, Vergleiche und Idiome werden auch dazu genutzt, in ihrer wörtlichen Bedeutung den Textverlauf mitzuprägen. Zusätzlich können die in ihnen vorgestellten Bildqualitäten oder ihre klangliche Dimension dazu führen, daß aus ihnen wiederum andere Bild- oder Klangfolgen hervorprozessiert werden, die dann wieder auf allen genannten Ebenen in den Textverlauf zurückgespült werden. So hält sich in den Texten Franzobels, speziell in der »Krautflut«, der Sprachfluß selbst in Gang, z. B. in dem Satz: »Einen Hals wie ein Celangedicht und das Gesicht beinahe Porzellan.« »Celan« und »Porzellan« nur auf lautlicher Ebene (durch den Reim) zusammenzubringen, wäre vielleicht kühn, die klangliche Übereinstimmung verdichtet sich aber umsomehr, wenn die Bedeutung der Wörter mitgelesen wird. Unversehens und wie nebenbei wird der Vergleich einer lebendigen Frauenbüste zu dieser selbst, wie sie ein anderer (etwa Celan) hätte dichtend darstellen können. Dieses Sich-selbst-in-Gang-Halten entspricht der Auffassung, daß Literatur aus Sprache gemacht ist und daß die Sprache sich selbst zu sprechen habe. Ist die »Krautflut« also eine Geschichte, die *sich* schreibt, abgelöst von der ingeniösen Vorstellung, daß es einen Urheber gibt, der sie hervorgebracht hat? Einiges in dem Text könnte, auch auf thematischer Ebene, darauf hindeuten: z. B. das wiederkehrende Motiv der sich selbst mitspülenden und ertränkenden Geschichte, das auch den Schluß des Textes bildet in dem Satzpalindrom: »So ertränkt sich die Geschichte selbst mit sich. Das ist ein Widerspruch, den spült sie mit sich mit, und aus den letzten Zipfeln Zuordenbarkeit wringt sich was und das ist das, und was sich wringt: Zuordbarkeit, Zipfl, letzter, den aus und mit sich mit, sie spült den Widerspruch, ein ist das Sich, mit selbst Geschichte, die sich ertränkt so.« Von vorne nach hinten und von hinten nach vorne gelesen hat dieser Satz die (nahezu) gleiche Form, erhält aber ab dem Punkt, wo er kippt und wieder in sich selbst »zurückläuft«, eine andere Bedeutung. Anders als bei ausschließlich palindromischen Texten, etwa in Oskar Pastiors Buch »Kopfnuß Januskopf«[6], ist das Palindrom hier aber ein (literarisches) Mittel unter anderen. Es geht nicht allein darum, so etwas wie Magie oder Epiphanie in der Sprachverwendung zu evozieren, mithin einer idealistischen Auffassung das Wort zu reden. Für den Verlauf der Moderne erscheint am ehesten Mallarmé als Dichter der idealistischen Konzeption, die die Sprache auf sich selbst fokussiert. In den Aufzeichnungen seines Schülers Paul Valéry, der die idealistische Literaturvorstellung in einer, plump gesagt, konstruktivistischen aufgehen läßt, findet sich die Passage: »Aber *wer* spricht *eigentlich* in einem Gedicht? Mallarmé wollte, daß es die Sprache selbst sei. Für mich – wäre es – das *lebende* und *denkende* Wesen (*ein Gegensatz dies*) – das das Bewußtsein seiner selbst vorantreibt bis zur Anverwandlung seiner Sensibilität – und deren Eigenschaften in ihren Implexen – Resonanzen, Symmetrien usw. entwickelt – auf der *Saite* der *Stimme*.«[7] Dies scheint ein wesentliches Merkmal der ästhetischen Konstruktion in der »Krautflut« zu sein und gibt auch den zweiten Teil der Antwort auf die gestellte Frage nach der sich selbst schreibenden Geschichte: die sich selbst sprechende Sprache wird *nicht* unter restlosem Verzicht auf eine Äußerung verwendet, die man (einschließlich der Vorbehalte, die die »konkrete Poesie« dagegen hatte, aber auch nach Ernst Machs Ich-Dissoziation) als *subjektiv* bezeichnen könnte.

Der Wurf des Franzobel besteht nun darin, daß seine Texte in einer unmittelbaren Erfassung verstanden und begeistert aufgenommen werden können, auch wenn man sich nicht auf eine Auseinandersetzung mit der Tradition einlassen will, aus der heraus sie entstanden sind. Sie erzeugen, und man ist in der heutigen Zeit geneigt, das Wort mit Vorsicht auszusprechen: Ergriffenheit. Dieser vage

6 Oskar Pastior: Kopfnuß Januskopf, Gedichte in Palindromen. München 1990.

7 Paul Valéry: Cahiers/Hefte. a. a. O., Bd. 1, s. 369

Begriff ist, in der Formulierung Oswald Wieners, »ein gewisses unverwechselbares, den meisten menschen wohlbekanntes, vielerlei abstufung zulassendes gefühl des beteiligt-seins«, das nicht selber »inhalt« ist, »sondern grad der ›nähe‹, in welcher uns ein gegenstand des bewußtseins erscheint. sie wird subjektiv als intensität der resonanz empfunden, mit dem [sic!] wir auf den ›sinn‹ von ereignissen reagieren, und reicht von der bloßen zeugenschaft bis zur panik, oder ekstase.«[8] Angesichts der »Krautflut« mag diese Ergriffenheit damit zusammenhängen, daß sie auf derart vielfältige und umfassende Weise sowohl selbst als Geschichte im Sinn eines Plots als auch als solche Geschichte gewoben ist, die die Prosa in literarhistorischer Sicht reflektiert. Sie setzt die verschiedenen literarischen Verfahren aus der »experimentellen« Poesie, aber auch aus der traditionellen Erzählung so ein, daß sie sie im Textverlauf gleichzeitig gebraucht *und* kommentiert. Damit führt sie den Leser in ein Verhältnis des Verstehens, bei dem in ein ihm gewohntes Schema seiner Erfahrung mit Prosa (und insofern in seine Vorstellung literarischer Konvention, so abweichend vom literarischen Common sense diese sein mag) von diesem Schema abweichende Elemente so eingreifen, daß es ihm noch möglich ist, diese abweichenden Elemente unter dem ihm bekannten Schema zu subsumieren. Der Text wird in diesem ergriffenen Verstehen jedoch nicht restlos aufgebraucht, es entsteht der nachhaltige Eindruck und die nachhaltige Erwartung, daß zu seiner unmittelbaren Wirksamkeit noch andere, weiterreichende Elemente hinzukommen. Das mag daher rühren, daß die Beziehung der Wörter untereinander, aber auch die Beziehung der zitierten Redeweisen, der hervorgerufenen Bilder oder der »erzählten« Be-

8 Oswald Wiener: »Wozu überhaupt Kunst?«. In: Literatur und Kunst – Wozu? Hg. v. Siegfried J. Schmidt. Heidelberg 1983. S. 189-207; S. 189. [=Reihe Siegen Bd. 40.] [Leicht modifiziert auch in: springer. Hefte für Gegenwartskunst. Juni 1995. Bd. 1, H. 2-3, S. 126-137]

gebenheiten vieles gleichzeitig hervorbringt und auf vieles gleichzeitig reagiert: auf die grammatische Form der Wörter, ihre lautliche Ähnlichkeit mit anderen Wörtern, das rhythmische Forteilen und Stocken, die wechselseitige Beziehung zwischen Klang und Bild, aber auch auf die semantischen Implikationen der begrifflichen Seite des Wortes. So quetscht Franzobel ein Quentchen Sinn selbst aus den vordergründig unverständlichsten Passagen seiner »Krautflut«, wie er umgekehrt die Stellen, die allzu sinnfällig abrasseln könnten, mit sinnlichen Qualitäten hinter dem Sinn doubliert (dem Klang der Sprache, dem Unvermuteten der möglichen Bilder, die sein Text zusammenführt). In ihm (in Franzobel *und* im Text »Die Krautflut«) stupst ein Satz den nächsten genauso an wie ein Gedanke den anderen, geht manchmal aus einer banalen Alltagstätigkeit eine poetische Wendung hervor, oder wird ein Wortgefüge, das man gewöhnlich für »höchstpoetisch« hält, zu einem Gemenge von Alltäglichkeiten. »Wieder steht ein Satz stramm im Raum, wieder hat sich etwas Laut losgelöst vom Körper, ist ein Exkrement aus der Gedankenwelt geplumpst, ein Satz. Lautlos den nächsten anzustupsen.« Die schon erwähnte kalkulierte Fehlerhaftigkeit des Textes (als Referenz sei etwa das literarische Werk Dieter Roths genannt), seine gelegentliche Abweichung von grammatischen Normen und das Schiefe seiner Bildhaftigkeit könnte ebenso ein Schlüssel für das ergriffene Verstehen sein, das man ihm entgegenbringt, wie das Verhältnis von vorsprachlichem zu sprachlichem poetischem Empfinden. So scheinen viele seiner Metaphern »auf Hintergehung der Sprache zu setzen und [...] gleichzeitig mit deren Mitteln« zu arbeiten. Man versteht sie, »kann dieses Verstehen aber sprachlich einfach nicht begründen«[9]. Was Wiener in folgendem Zitat von Gedichten behauptet, läßt sich auch auf Franzobels Prosa an-

9 Ferdinand Schmatz: Sprache Macht Gewalt. Stich-Wörter zu einem Fragment des Gemeinen. Wien 1994. S. 75.

wenden: »wenn das ›poetische‹ in einem gedicht auf mich wirken soll, so darf es zu keiner präzisen modellhaften vorstellung kommen. die worte und satzfügungen tippen zwar meine vorstellungen an, es kommt jedoch zu keiner synthese wie bei der auffassung konkreter beschreibungen durch ein aufmerksames ›hinschauen‹ auf das hervorgerufene bild. an ihre stelle tritt eine art wissen, daß die bilder auswechselbare details eines tiefer liegenden komplexes sind [...]. sätze, die rational als widersprüche zur erfahrung usw. aufgefaßt werden würden oder als ›ungrammatikalisch‹ empfundene sprachbildungen haben oft starke poetische wirkung [...]. es ist nicht ein konkretes modell des im satz gemeinten, was den worten ›bedeutung‹ gibt, sondern ein umfangreiches ›weiches‹ schema, das die ›bedeutsamkeit‹ liefert.«[10]

Ein entscheidendes Moment, wie diese Ergriffenheit in und aus der »Krautflut« hervorgeht, ist der Witz des Textes. Nicht vordergründiger, immer identifizierbarer (den es auch an manchen Stellen gibt und der dort durch seine Einbettung ins Zitathafte aufgefangen wird), sondern eine Lust daran, das Unvorhersehbare, scheinbar weit Auseinanderliegende in einem sprachzwinkernden Augenblick zusammenzubringen. Man könnte verschiedene Witztheorien zur Entschlüsselung der Verfahren, die Franzobel in der »Krautflut« nutzt, ins Spiel bringen. Z.B. bietet sich Sigmund Freuds psychoanalytische Witztheorie[11] an, die aber, obwohl sie viele ihrer Beispiele aus den aphoristischen Schriften Georg Christoph Lichtenbergs schöpft, nicht auf den Witz als literarisches Element eingeht. Daran ließe sich etwa der Witz als »Aufwandersparnis« aus der »Krautflut« herauslesen, z.B. wenn ein geringfügiger Buchstabentausch zu einer Technik des Witzes führt, die man als »*Verdichtung mit*

10 Oswald Wiener: »Wozu überhaupt Kunst?«. a.a.O., S. 200.

11 Sigmund Freud: Der Witz und seine Beziehung zum Unbewußten. Der Humor. M.e. Einleitung v. Peter Gay. Frankfurt/Main 1992.

leichter Modifikation« beschreiben kann, die »um so besser sein wird, je geringfügiger die Modifikation ausfällt«[12]. Dafür gibt es in der »Krautflut« zahlreiche Beispiele, etwa: »Auch so einer, dachte Frauke, wie das Mädchen hieß. Sie dachte Bürokratenampel, Schimmelreiter und Gesundheitsfettigeorge. Einer von der Gattung männlicher Pipi, die jedem Symptom gleich eine bequeme Hosographie anziehen. Die spüren bloß mal so ein Zwacken wo, schon leiden sie an Etagen Crepes. Wenn die Hand einschläft, ist es ein Intakt, beim Wasser schlagen denken sie an Posttrara, und wenn sie Humordruiden haben, Bibapöö, Alarmkatarrh, ist es Aids, et cetera.«

Es soll hier nicht darum gehen, eine Liste der Verfahren aufzustellen, die Franzobel benutzt, um Witz zu erzeugen. Dennoch ist die generelle Feststellung wichtig, daß die Art, wie sich in der »Krautflut« Witz zeigt, deutlich unterschieden ist von der Pointensicherheit vieler Texte der »konkreten Poesie«, aber auch von manchen Texten der »Wiener Gruppe«. Aufschlußreich ist in diesem Zusammenhang ein Aufsatz[13] von Mercedes Blanco, in dem sie zwischen der Witzgenerierung in der barocken Konzeptismus-Literatur und in der »konkreten Poesie« unterscheidet. Denn während man der »konkreten Poesie« unterstellen kann, daß in ihr nicht nur von einem dem Text vorgängigen zielgerichteten Sinn abgesehen wurde, sondern »weitgehend auch vom Wert der ihn konstituierenden Bedeutungseinheiten«, wird in der Literatur des Konzeptismus zwar das »Feld, mit dem operiert wird, auf eine Minimalzahl von Grundobjekten« reduziert, aber nur, »um darin das dichtestmögliche Netz von Relationen zu ziehen, in der Absicht, das größtmögliche Quantum

12 Ebenda. S. 41.

13 Vgl. Mercedes Blanco: Wandlungen der Methode in der Poetik. In: Walter Ruprechter (Hg.): reinhard priessnitz symposion paris 1990. Graz, Wien 1992. S. 13-39.

an Sinn zu erreichen«[14]. In einer anderen Ausrichtung isoliere die »konkrete Poesie« »nicht nur das Feld, sondern auch die Art der Relationen, die zugelassen sind«[15]. Auch in Franzobels »Krautflut« ist, als avancierter Reflex auf die »konkrete Poesie«, die Einschränkung des Feldes keine, die auf die sinnfähigen Qualitäten des Sprachmaterials oder auf die Sinnfälligkeit von Klassifikationen, seien sie sprachlich oder vorsprachlich, verzichtet. Erst in einer Hinwendung auf eine größtmögliche Anzahl von Relationen, die sich zwischen den Wörtern, aber auch zwischen den Gegenständen, die diese bezeichnen, anlegen lassen, blitzt an den Rändern des Formalen in der »Krautflut« ein umittelbarer Sinn auf, der Witz erzeugt.

Daneben schöpft die »Krautflut« aus einem Reservoir, das ein speziell österreichisches ist: aus dem Wiener Volkstück (z.B. aus den direkten Anklängen an Johann Nestroy: »Sintemal, Pardauz, Perdu [...]«). Diese Zitate aus der Literatur sind verquickt mit Zitaten aus anderen Lebensbereichen, etwa mit alltäglicher Rede im »O-Ton« (»–Grüß Gott. – Sgott. – Ein scharfes Pfefferoni. – Eins? Zwei? – Kommt darauf an, wie scharf sind sie. – Die sind sehr scharf. – Gut, dann zwei. [...]«) oder mit dem Handlungsbogen, der sich aus einer »Telenovela« aus dem Fernsehen ergibt. Ist die »Krautflut« also ein Text, der virtuos »Zitatenkunst« vorführt und dessen ästhetische Konzeption sich aus einer sogenannten »Kontext-Ästhetik« erschließen läßt? Einiges spricht dafür, vieles andere aber auch dagegen. Wenn man unter »Kontext-Ästhetik« versteht, daß ein Kunstwerk nicht unabhängig von der Intention seines Urhebers und seiner Einbettung in einen externen Kontext (seine Stellung in sozialer oder literarhistorischer Sicht) analysiert werden kann, so ist »Die Krautflut« ein Text, der auf die literarhistorische Vorstellung der Moderne und der Avantgarde genauso reagiert

14 Ebenda. S. 20.
15 Ebenda.

wie auf die traditionelle Erzählung. Das Extrem einer »Kontext-Ästhetik« würde jedoch zu der Situation führen, daß man das Kunstwerk zwar im Wissen um seine kontextuellen Bedingungen verstehen kann – oder es eben gar nicht versteht. Dann wäre es notwendig, den Fundus der verwendeten Zitate aus der »Krautflut« für die Rezeption präsent zu haben oder sich zumindest auf eine akribische Quellensuche einzulassen. Diese Vorstellung ist einer heteronomen Ästhetik verpflichtet, d.h. einer Ästhetik, die die Kunst an Bedingungen außerhalb ihrer knüpft und auch von der Forderung ausgeht, daß sich jeder Ausdruck des Ästhetischen in ein begriffliches Äquivalent übersetzen läßt. Das Dilemma dabei jedoch ist: Die intentionale, kontextuelle Situierung des Kunstwerks sagt nichts über dessen intrinsische Qualitäten aus und öffnet damit einer Beliebigkeit den Spielraum, jedes Vorgefundene qua Intentionalität zu ästhetisieren. Es gibt eine kurze thematische Stelle in der »Krautflut«, die dieses Dilemma en passant aufstöbert: »[...] Die an sich trübe Suppe dieser So-Welt trachtete nach Wischen, so, nach Romanzen und Matrizen, die der von Grund auf radebrechten Welt erst eine Basis brächten (Readymade), soso, und dem hanebüchenen Gedeih als Verdauung so notwendig wären, täten. [...]«. Neben der Nennung des Begriffs »Readymade«, die sich aus klanglichen und inhaltlichen Aspekten ergibt und das Schlüsselwort für die »Kontext-Ästhetik« durch Duchamp ausmacht, ist eine Wortzusammenfügung besonders interessant: »Romanzen und Matrizen«. Die Romanze ist (literaturwissenschaftlich) definiert als »romanisches bzw. spanisches, ursprünglich kürzeres volkstümliches Erzähllied, [...] das nach seiner Einführung in die deutsche Literatur durch Gleim (1756) von Moses Mendelssohn als ›ein abenteuerliches Wunderbares‹, das mit ›possierlicher Traurigkeit‹ erzählt werde (1742)«, bezeichnet wurde. »Nach umformender ›Veredlung‹ und Erweiterung zum Zyklus durch

Herder (›Der Cid‹, 1805) erreichte die Romanzendichtung, getragen von Assonanz und Trochäus, in der Romantik ihren Höhepunkt.«[16] Die Lexikondefinition von »Matrizen« umfaßt drei (für unseren Ansatz relevante) Einträge: »1) Folie, bes. gewachstes Blatt zur Herstellung von Vervielfältigungen; 2) (Math.) System von mathematischen Größen, das in einem Schema von waagrechten Zeilen und senkrechten Spalten geordnet ist 3) (Sprachwiss.) Schema zur Zuordnung von Merkmalen zu sprachlichen Einheiten, besonders zur Darstellung der Lautstruktur einer Sprache«[17]. Die Kollision von »Romanzen und Matrizen« in den zitierten Bedeutungen könnte als implizite Poetik der »Krautflut« gelesen werden: Eine Ordnung des Sprachmaterials nach Art einer Matrix (in den drei genannten Bedeutungen) wird mit der romantischen Romanze verwoben, beides bildet den Text, der Welt schafft, oder die Welt im Text. Gewendet auf das oben angedeutete Gegensatzpaar »heteronome/autonome Ästhetik«: In den Anklängen an die romantische »Ästhetik« tritt die pure Vorstellung von der Autonomie der Kunst zutage: »Sie [die romantische Dichtart] allein ist unendlich, wie sie allein frei ist, und das als ihr erstes Gesetz anerkennt, daß die Willkür des Dichters kein Gesetz über sich leide. Die romantische Dichtart ist die einzige, die mehr als Art, und gleichsam die Dichtkunst selbst ist: denn in einem gewissen Sinn ist oder soll alle Poesie romantisch sein.«[18] Franzobel schreibt aber die ro-

16 Otto F. Best: Handbuch literarischer Fachbegriffe. Definitionen und Beispiele. Frankfurt/Main 1994. S. 467 f. [=Erweiterte Neuausgabe der Ausgabe v. 1972]

17 Zit. n.: Duden. Deutsches Universalwörterbuch. 2., völlig neu bearbeitete und stark erweiterte Auflage. Hg. u. bearb. v. Wissenschaftlichen Rat u. den Mitarbeitern der Dudenredaktion unter der Leitung v. Günther Drosdowski. Mannheim, Wien, Zürich 1989. S. 997.

18 Vgl.: Friedrich Schlegel: Athenäums-Fragmente. §116. In: Ders.: Kritische Schriften und Fragmente. Studienausgabe in sechs Bänden. Hg. v. Ernst Behler u. Hans Eichner. Paderborn, München, Wien, Zürich 1988. Bd. 2, S. 105-156; S. 114f.

mantische Tradition ebensowenig eingleisig fort, wie er auch nicht die matrizenhafte Sprachverwendung der »konkreten Poesie« epigonal herbeizitiert. Die Formulierung »Romanzen und Matrizen« könnte in diesem Sinn für eine Distanz und einen Widerspruch sowohl zwischen intrinsischer (autonomer) und heteronomer Kontext-Ästhetik als auch zwischen romantischer und konkreter Poesie stehen. »Die Krautflut« als Matrix in der Romanze *und* als Romanze in der Matrix.

Thomas Eder